GEORGES GOURDON

CRONSTADT-TOULON

PARIS

Prix : 50 centimes

PARIS
ALPHONSE LEMERRE, ÉDITEUR
23-31, PASSAGE CHOISEUL, 23-31

1896

CRONSTADT-TOULON-PARIS

DU MÊME AUTEUR

Guillaume d'Orange, poème dramatique, avec préface de
Gaston Paris. Alphonse Lemerre, éditeur.

Le *Sang de France* (poésies), avec préface de Pierre Loti.
1 vol. in-18, 2ᵉ édition, 3 fr. 50, chez Albert Savine,
à Paris.

GEORGES GOURDON

CRONSTADT-TOULON

PARIS

PARIS
ALPHONSE LEMERRE, ÉDITEUR
23-31, PASSAGE CHOISEUL, 23-31

1896

De Copenhague à Cronstadt

— Juillet 1891 —

*Pour les officiers et marins de la
Division cuirassée du Nord.*

Sur l'immensité bleue où s'allonge leur file,
Et beaux comme une armée en sa force tranquille
A l'ombre du drapeau français,
Avec quelle fierté douce et patriotique
L'œil ému suit, de loin, entrant dans la Baltique
Les formidables cuirassés !

Copenhague les voit, tressaille et les acclame.
Sous les boulets anglais elle a gardé son âme
   Rêveuse et son antique honneur,
Et pendant que le Sund bat la rive sonore,
La grande ombre d'Hamlet semble habiter encore
   Le morne palais d'Elseneur.

O vaillant petit peuple, ouvre ta main loyale :
La France ne brûla jamais ta capitale,
   Elle ne prit point un lambeau
Au flanc de ton pays où saigne une blessure ;
Si le sort la vainquit, son cœur de forfaiture
   Est vierge comme son drapeau !

Et toi, blonde Stockholm, au bord des flots assise,
Étalant ta beauté comme une autre Venise
   Aux baisers dorés du soleil,
Tu souris aux marins ! Le seul nom de ces braves
Suffit à réveiller tes héros scandinaves
   De leur séculaire sommeil,

Cité de Birger-Jarl et de Gustave-Adolphe !
Et songeuse, là-bas tu regardes le golfe
     Où nos navires sont entrés...
Oui, c'est là, c'est bien là le but de leur voyage,
Et des cœurs tant d'amour et d'espoir se dégage
     Que ces flots sont presque sacrés !

Ces salves, ces hourrahs, ces transports d'allégresse,
Ils vont au cher pays, dont, aux jours de détresse,
     La noble amitié nous sauva.
Ah ! revienne l'épreuve : un signe d'alliance,
Ainsi que l'arc-en-ciel coupant l'azur immense,
     Joint l'Atlantique à la Néva !

Cronstadt, sombre arsenal hérissé de tonnerres,
Puisses-tu voir ligués deux peuples déjà frères !
     Que le pacte qui les unit,
Quand l'heure sonnera de la lutte effroyable,
Atteste leur grandeur et soit inébranlable
     Comme tes remparts de granit !

Calme, la France attend, la main sur son épée,
Car sa gloire n'est point une gloire usurpée
   Par le Vol et la Trahison,
Et malgré nos malheurs, si Dieu le veut encore,
Elle rayonne assez pour changer en aurore
   La nuit qui tombe à l'horizon !

A Toulon

— Octobre 1893 —

Pour les officiers et marins de
l'Escadre russe.

Ils se disaient : « Rayons ce pays de la carte.
  Il n'a plus d'alliés et plus de Bonaparte,
.L'heure est venue, enfin, de l'expiation.
Tendons bien nos filets, en profitant de l'ombre.
Cette fois, tout nous sert, et nous sommes en nombre :
        Trois contre un, quelle occasion ! »

Mais, comme le soleil — qu'insultent des sauvages,
Croyant qu'il va mourir vaincu par les nuages, —
Surgit, éblouissant les cieux de sa clarté,
Voici que la Patrie, au monde jaloux d'elle,
En son armure d'or apparaît immortelle
      Dans sa force et dans sa beauté !

Gardant l'espoir malgré ses épreuves, la France
A prié Jeanne d'Arc et Dieu la récompense,
La France au bras vaillant, la France au cœur de feu,
Qui, quatorze cents ans, par la croix et l'épée
Sur la terre affranchie et de son sang trempée
      Accomplit la Geste de Dieu !

Qu'une autre nation dans l'Europe chrétienne,
Mère, compare donc sa noblesse à la tienne !
Clovis à Tolbiac signa tes parchemins,
Et telle, depuis lors, on peut te reconnaître :
Loyale et généreuse, abominant le traître
      Et les voleurs de grands chemins !

Lorsqu'en les ruinant la peur les coalise,
Un peuple ardent et fier avec nous fraternise.
Salut, enfants du Tsar ! unissons nos transports.
Pas de cris provocants ni de vaines bravades,
Et, laissant les Guillaume à leurs folles parades,
        Restons calmes, nous sentant forts.

Provence lumineuse et de fleurs couronnée,
Prête à leurs cuirassés ta Méditerranée,
Fixe à jamais ton charme au cœur de leurs marins ;
Ah ! qu'ils sachent surtout, à cette heure suprême,
Qu'à travers ce pays l'espérance est la même
        De tes bords aux foyers lorrains !

Paris qui les attend, ô fête sans rivale !
Les verra défiler sous l'Arche triomphale
Où tant de gloire chante, au sein de nos malheurs,
Que nos vainqueurs d'hier en pâlissent encore
Et qu'il suffit, chez nous, d'un lambeau tricolore
        Pour faire battre tous les cœurs !

Ils passeront émus, rayonnants, intrépides ;
Et le grand Empereur qui dort aux Invalides,
Sous le dôme sublime, à l'ombre du drapeau,
Dans la crypte de marbre aux croix blanches et noires,
Majestueusement gardé par ses victoires
      En cercle autour de son tombeau,

A soudain tressailli, comme au temps où la terre
Tremblait sous le galop de son cheval de guerre,
Et, croyant revoir ceux que son geste entraîna,
Se demande, devant leur phalange acclamée,
Quel souffle surhumain pousse la Grande Armée
      Du côté d'Arcole ou d'Iéna !

Le Tsar à Paris

*A Guillaume II,
Empereur d'Allemagne.*

Du jour où commença sa marche triomphale
  A travers les splendeurs de notre capitale,
Un peuple entier poussant des vivats à plein cœur,
Jusqu'au jour solennel où, cent fois acclamée,
Sous ses regards émus défilait notre armée
  Comme devant son empereur ;

Dans Versailles, souillé jadis par l'Aigle noire,
Au milieu des témoins immortels de sa gloire,
La France a-t-elle su l'accueillir dignement,
Le Tsar, soldat du droit, prince de la justice ?
Et cette amitié-là vaut-elle la Triplice,
      Qu'en dis-tu, Kaiser allemand ?

Des cités aux hameaux, des palais aux chaumières,
Un même espoir a fait se mouiller les paupières
Et battre tous les cœurs dans un élan pareil ;
Et Dieu, s'associant à notre saint délire,
Nous a, trois jours durant, versé comme un sourire
      La lumière de son soleil.

Tandis qu'en ton Berlin, plein du fracas des armes,
Tu t'agitais, fléau de l'Europe en alarmes,
Presqu'aussi malheureux qu'Ugolin dans sa tour,
Dévorant en secret ton courroux et ta haine,
L'entendais-tu monter de cette mer humaine
      Ce murmure infini d'amour ?...

Etre le Tsar! Pouvoir, même au siècle où nous sommes,
Faire trembler d'un mot cent vingt millions d'hommes,
Terrible dans sa force et dans sa majesté ;
Et passer radieux parmi la foule immense,
En se la conquérant par la seule puissance
        De la grâce et de la bonté !

Pouvoir avec l'épée ensanglanter le monde,
Et se sentir, ayant fondé la Paix féconde,
Porté sur tous les cœurs comme sur un pavois !
Pouvoir faire couler tant de larmes amères,
Et voir, pour vous bénir, des enfants et des mères
        Tous les bras se tendre à la fois !

Quel rêve, ô roi Guillaume, et quelle apothéose !
Il vous obsèdera, ce rêve grandiose
D'entrer ainsi vivant dans l'immortalité :
Par des foules sans nombre, aux vivats frénétiques,
Et jonchant vos chemins de lauriers pacifiques
        Votre sommeil sera hanté ;

Mais à chaque réveil, la coupe enchanteresse
De vos lèvres en feu s'éloignera sans cesse !...
Des forfaits d'un Bismark votre empire est le prix ;
Sous la chape de plomb qui vous meurtrit l'épaule,
Le destin vous condamne à jouer votre rôle
      Les yeux attachés sur Paris.

Pour ceux qui l'ont conquis, Paris vaut un empire.
Sire, réfléchissez, et que Dieu vous inspire !
Demain peut effacer la gloire d'aujourd'hui :
Le Tsar a notre amour, plus fort que votre haine...
Mais, si vous nous rendiez l'Alsace et la Lorraine,
      Vous seriez reçu comme Lui !

Rochefort. — Société anonyme de l'Imprimerie Ch. Thèze

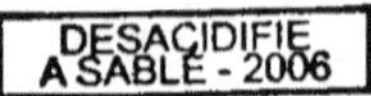

A. LEMERRE, éditeur, 23-31, passage Choiseul.

ROCHEFORT. — SOCIÉTÉ ANONYME DE L'IMPRIMERIE CH. THÈZE